なによりも大切なこと

あさのあつこ

PHP
文芸文庫

大切なあなたへ。

誰かに本気で話を聞いてほしくて、
誰かと真剣に言葉を交《か》わしたくて、
それなのに、誰のどんな言葉も嘘《うそ》くさくて、
自分の言葉さえ偽《いつわ》り色に塗《ぬ》りこめられていて、
だから、他人も自分も信じられない、
他人も自分も大嫌いだった。そんな時期がありました。
いや、過去のことじゃない。今でもそうです。
今でも、好きになれない自分と他者がいます。
でも、昔ほど嫌いではありません。
昔よりずるくなったからなのか？
大人になったからなのか？
それもあるでしょう。でも、一番の理由は、わたしにはあなたがいる、それに気がついたことだと思います。
中学校の……何年生のときだったでしょうか、どういう経緯だったかは定《さだ》かに覚えていないのですが、ある教師がわたしたちに向かってこう言っ

たことがあります。
「わかってる。おまえたちのことは、よくわかっているからな」
その一言を聞いたとき、わたしの内に渦巻《うずま》いた感情は、殺意に近いものでした。大人だからといって、教師だからといって、そんなに簡単に他者のことが理解できるの？　できるわけがない。
「おまえたちのことは、よくわかっている」
覚悟も決意も想いもないまま言い放たれた言葉の、なんと傲慢《ごうまん》で空虚《くうきょ》なことか。他者を理解するためには、覚悟と決意と想いがいります。
どうしても必要なのです。そうでないと、言葉はみんな*徒花《あだばな》と変じます。どんなに美しくても作り物の玩具《がんぐ》と成り果てるのです。
あなたのことを知りたい。
わたしを知ってほしい。
心から願うから、徒花でも玩具でもない言葉を望むのです。

まだ見ぬ、あなたへ、

わたしの大切なあなたへ、

わたしの言葉は届くでしょうか。

わたしはあなたの許《もと》へとたどりつく、本物の言葉を持っているのでしょうか。

あなたは、耳を澄《す》まして、わたしの力弱い、か細い声を聞き取ってくれますか？ おずおずと語りかける声に辛抱強く耳を傾《かたむ》けてくれますか？

わたしは、あなたに聞いてほしいのです。あなたの心に届く言葉だけがほしいのです。顔も姿も声も名前すら知らないあなたの心に届く言葉だけがほしいのです。ただそれだけがほしいのです。

わたしには、あなたがいる。言葉を届けたいあなたがいる。今は、そんな自分が少しだけ好きです。

＊徒花《あだばな》……華《はな》やかだけれど、中身を伴《ともな》わないこと。

Pure!
なによりも大切なこと

もくじ

大切なあなたへ。—— はじめに　2

I 伝えたいこと

十三歳でも夢見れる　12
前を向いて　15
イジワルな人　16
話してみなきゃわからない　17
大切なこと　18
注意事項　21
追いこまないで　22
人はわからない　23
これからなんだ　24
悔しかったらおこるのだ　25
いっしょにいたい　26
信じてくれる人がいるなら　27
● 歳経《へ》ることのときめき　28
本気ならば　30

II 自分と向き合う

あたしだけの何かがほしい 32
あたしの生き方 35
自分との約束 36
ごまかすな 37
今のままでいい？ 38
あたしの中のあたし 39
● 自分のこと 40
二つの想い 44

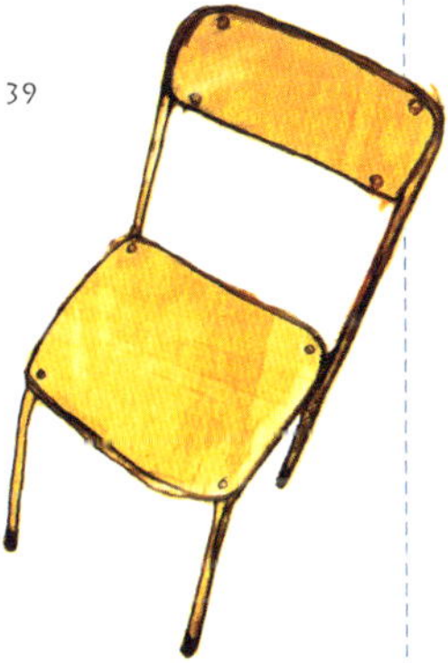

III だいじょうぶ、なんとかなる

たいていのことはできるよ 46
もっとガキでいいよ 49
まずノートに書いてみよう 50
おまえならできる 52
自分に言い聞かせる言葉 53
自分の力に変える 54
ジャンプ 55
● 自分を励ます 56
運命は変えられる 60

Ⅳ スキだから

ちゃんと見てほしい 62
ありがとうはさよならに似ている 65
あったかいどきどき 66
逢《あ》えたらいいね 69
● スキだから 70
幸せな思い出 72

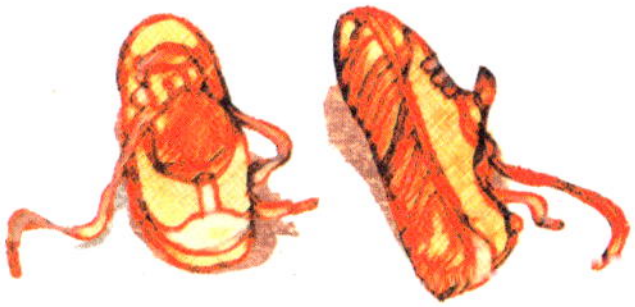

V どんな大人になりたいか?

知らないことがいっぱいある　74
どんな大人になりたいか　76
大人の教科書　77
あまくない現実　78
人は変われる　81
十代は残酷な時間　82
大人になるってどんなこと?　83
いいことあるかも　84

おわりに　86
解説 ● ぞくっとするほどのリアリティ
——金原瑞人　88

I 伝えたいこと

十三歳でも夢見れる

十三歳だから、どうだというんだ。
十三歳だって、自分の将来を夢見れる。

『バッテリー』P189

前を向いて

「決めつけちゃ、だめだよ」
「決めつけちゃ、何にも見えなくなるもの」
決めつけてしまったら、
そこから一歩も動けなくなる。
何も知らないくせに、
何も知ろうとしなくなる。

『ありふれた風景画』P187

イジワルな人

イジワルな人は、
泣いている人の悲しさやつらさなんて、
わからないものだ。

『えりなの青い空』P60

話してみなきゃわからない

話して、聞いて、
顔を見合わせて、言葉を交《か》わして……
生《なま》で付き合わないとわからないことが、
たくさんあるんだ。

『The MANZAI 2』P88

大切なこと

しゃべって、お弁当食べて、
コンビニでジュース買って、
きゃあきゃあはしゃいで……
そんなことを一緒にしていなければ、
簡単に褪《あ》せてしまう。

そばにいて一緒に時間を過ごす、
同じものを見て、感じて、
言葉にして確認する、そのことが、
何より大切。
話題なんかどうでもいい。
口と耳と皮膚と目と匂い。
五感を確かにくすぐるほど
そばにいることが、大切。

『ガールズ・ブルー』P18

注意事項

そんなふうに、まっすぐに
他人を見つめちゃだめ。
それはね、とっても痛いことなんだよ。
言葉でも眼差《まなざ》しでも想いでも同じだ。
どこか曖昧《あいまい》にぼかした方がいい。
まっすぐに一途《いちず》にひたむきに、
他人に向けてしまうと痛い。
自分で自分を傷つけることになる。

『ありふれた風景画』P59

追いこまないで

悪いほうに、悪いほうに考えてしまうことを
止《や》めなくてはいけない。
自分で自分を追いこんじゃいけないんだ。
気にしない、気にしない。

『The MANZAI 2』P79

人はわからない

いいやつ、悪いやつ。
簡単に人を二分することはできない。
人の正体なんて、色分けできないんだ。

『The MANZAI 2』P152

これからなんだ

「……おれら、
まだ始まったばっかりじゃねえか。

悩むことなんてねえ、
これからなんだよ、おれたちは……」

『バッテリーⅣ』P180

悔しかったらおこるのだ

「……悔しかったらおこりぃ。
がんばって、ちゃんとおこりぃよ」

『ほたる館物語』P129

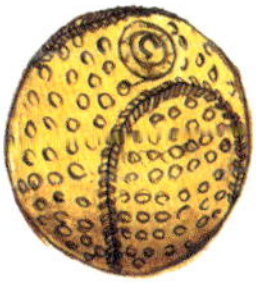

いっしょにいたい

「きみは、ぼくの知らないことを知っている。
今まで誰も教えてくれなかったことを
教えてくれた。
うまく言葉にできないけれど……
惹《ひ》かれているんだ、とても。
だから、ここにいたい。
きみと同じものを見て、食って、
同じ空気を呼吸する」

『NO.6 ♯2』P23

信じてくれる人が
いるなら

とことん自分を
信じてくれる人間がいるのなら、
なんでもできるじゃないか。

『バッテリーII』P267

歳経《へ》ることのときめき

昔、昔、わたしがまだ少女と呼ばれていたころ、わたしは自分が歳をとるなんて思ってもいませんでした。むろん、頭ではわかっていましたよ。人間は誰も、人間として生まれてきたからには人間として老いていく。王侯貴族だろうが、偉《えら》い学者だろうが、世界一の大金持ちだろうが、絶世《ぜつせい》の美女だろうが、等しく老いは訪れます。そういう意味で、時間って平等ですよね。残酷でもあるけれど。

そう、わたしは頭では理解してました。でも、頭でわかっていることと、心が受け入れることはまた別問題なんですよね。頭と心が乖離《かいり》している。人間って、厄介《やつかい》なものです。まったく。

わたしが、おばさんになる？　ありえない。

少女はいつだって傲慢《ごうまん》で、誇り高いのです。若さの驕《おご》りを存分に身につけて、現実を笑います。それこそが少女です。唯々諾々《いいだくだく》と現実や常識を受け入れてはなりません。抗《あらが》い、挑《いど》むのです。

しかし、たいてい（というか絶対的に）時間のほうが強くて、現実は揺るがず……わたしは、おばさんになりました。

腰が痛くて、肩が凝《こ》って、白髪が……。

溜息《ためいき》をつくことも、嘆《なげ》くことも、がっかりすることも増えました。

でも、でもね。強がりでも詭弁《きべん》でもなく、

ほんとうにたまにだけれど、

歳をとってよかったなって、ときめくことがあるんです。

歳をとったから見えてきたもの、知ったこと、獲得できた何か。

うん、あるんですよ。けっこう、あるんです。

それを説教じゃなく、自慢話じゃなく、押し付けがましくもなく、あなたに伝えたい。

あなたに伝えることがある。

そう思えるのも、ときめきの一つです。

このときめきを物語として、いつか、あなたに伝えたいのです。

本気ならば

本気で言葉を使おうとするとき、
相手から目を逸《そ》らしていてはだめだ。

『NO.6 #2』P21

Ⅱ 自分と向き合う

あたしだけの何かがほしい

くっきり二重《ふたえ》も玉にならないマスカラも
香水もほしいけれど、
何より、誰も持っていない、
求めもしないあたしだけの何かが、ほしい。
いつか、手に入れたい。

『ガールズ・ブルー』P132

あたしの生き方

捕《つか》まりたくない。演じたくない。
あたしは、主役を張りたいのだ。
演出も脚本も主演も、全部あたしがやる。
あたしに役を与えて、演じろと命じるものを、
かたっぱしから蹴《け》っ飛ばしたい。
他人の物語の中で生きていくことだけは、
したくない。

『ガールズ・ブル[illegible]』P68

自分との約束

自分で自分を恥じるようなことだけは、
すまい。
それが他人にどう見えようと、
どう言われようと、
自分の良心に背《そむ》くことはしない。
ささやかな自尊心を裏切らない。
裏切ってしまったら、
自分を恥じてしまったら、
だれに対しても特別な存在にはなれない。

『The MANZAI 2』P53

ごまかすな

目を閉じた。
ごまかすなよと、声がする。

『バッテリーIV』P129

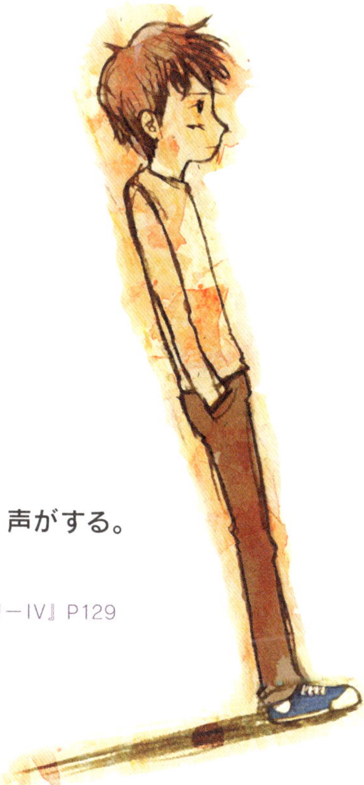

今のままでいい？

「あたし、現状維持。今のままでいいや」
現状維持を決めたこの時までに、
何があったんだろう。
今のままでいいという台詞《せりふ》は、
潔《いさぎよ》いとも自棄《やけ》ともとれる。
肯定《こうてい》にも否定《ひてい》にもとれる。

『ガールズ・ブルー』P182

あたしの中のあたし

あたし、こんな人間だったんだ。
他人の呟《つぶや》きに喜びを感じ、笑ったりするんだ。
そういうことができるんだ。
意外だった。
見知らぬ自分が
ひょっこり顔を覗《のぞ》かせたみたいだ。
驚いてしまう。
あたしの中には、どんなあたしがいるの？

『ありふれた風景画』P228

自分のこと

自分のことって、
何でこんなにわからないんだろう。
自分のことなのに、
何でここまで不可解なのだろう。
そんなふうに感じ、思い、戸惑《とまど》ったことってありませんか？
わたしはしょっちゅうです。今でも、しょっちゅうです。
自分で自分が思うようにならなくて、
自分の望んでいる自分とはほど遠くて、
自分で自分にうんざりしてしまいます。
この歳になっても、十代のころと同じような（もしかして、かなり質は変わったのかもしれませんが、わたしにはよくわからないんです。うー

ん、やっぱり自分のことって、わかんないなあ）

焦燥《しょうそう》とか、苛立《いらだ》ちとか、自己嫌悪とか、あまり根拠のない、理由もない曖昧《あいまい》な自信とか、嫉妬《しっと》とか、未来へのあまり根拠のない、理由もない漠然とした希望とかを抱えて右往左往の日々を暮らしていると、

大人って、たいしたことないな

と、思います。

大人もやはり、自分が掴《つか》めなくて、見えなくて、思うようにならなくて、けっこう足掻《あが》いているものなのだと、大人になって知りました。

そこらあたりを露骨《ろこつ》に出さない。上手に隠す術《すべ》を身につけることが、大人になるコツなのかもしれません。

そう、大人って巧みなんですよね。
自分をごまかすことが。
自分から目を逸《そ》らすことが。
自分を守ることが。
諦《あきら》めることが、言い訳が、虚勢《きょせい》が、泣くことが、とても上手なのです。
だからね……。
不器用でもいいな
と、思います。
不器用で、もたもたと自分にも他者にも向き合って、あるいは向き合えなくて苦しいのもいいかなって、この歳になって、思います。
苦しみに鈍感になるよりも、ささいなことに心を震《ふる》わして。強く逞《たくま》しくなるよりも、弱虫のままそれでも生きていて、そういう人ってすてきかなと、思います。

このごろやっと、思えるようになりました。思えるようになったから、楽になったとか、幸せになれたとか、ふっきれたとかじゃありません。やっぱり、もたもたしてます。あちこちにぶつかって、痛いです。

ともかく、上手に大人になるよりも、ぶざまにみっともなく、歳を重ねていきたいと願います。

稀《まれ》に出会えることがあります。ほんとうの意味ですてきな大人に。

稀ですけど。

いつか、そんな大人になりたいです。

二つの想い

今がいい。今が楽しい。
ずっとこのままでいたい。
時が、還流すればいいと思う。
流れ去っていくのではなく、
ぐるぐるとただ、巡《めぐ》り流れてくれればいい。
あたしたちは、いつまでも今のあたしたちだ。
突き抜けたい、遠くに、高く、
この街を突き抜けて、
今までと全然別の自分を見つけたい。
真反対にある二つのものを、
同時に手に入れる魔法ってないだろうか。

『ガールズ・ブルー』P74

III だいじょうぶ、なんとかなる

たいていのことは
できるよ

十《とお》か。
十なら、たいていのことはできるよ。
うん、できないことの方が少ないがね。
人間てな、
十年も生きてたら、
たいていのことはできるよ。
やる気さえあったらできるよ。

『舞は10さいです。』P90

もっとガキでいいよ

「このごろ、らしくないよな」
「そうか？」
「ああ」
「どこらへんが？」
「なんか、もっとガキでええんじゃないんか？
わがままで、
自己中《じこちゅう》で自分が満足することを
いちばん大切にして……
そういうんで、ええんとちがうか。
あんまし、いい子になるなや」

『バッテリーVI』P124

まずノートに書いてみよう

混乱したり迷ったりしたら、
まず文章にしてみる。
わたしは何を考えている。何を欲《ほっ》している。
何を見た。何を感じた。
哀《かな》しかった。つらかった。
嬉《うれ》しかった。幸せだった……
そんなことを、思うがままに書いてみる。
他人には見せない秘密のノートもある。
書き綴《つづ》っていくうちに、
自分の内にあってもやもやしていた
感情だとか想いが、
はっきりしてくることがあるのだ。
あっ、わたしってこんなこと考えてたんだ。
感じてたんだ。
そう理解することは、楽しい。

『時空ハンターYUKI 1』P27

おまえならできる

「おまえしかできん。
けど、おまえならできる」

『バッテリーV』P209

自分に言い聞かせる言葉

そうだ、だいじょうぶ。
なんとかなる。
ぼくがぼくに言い聞かせる。

『The MANZAI』P108

自分の力に変える

迷わないわけじゃない。
悩まないわけじゃない。
揺れないわけじゃない。
迷いも悩みも揺れも惑《まど》いも、
いずれは自分の力に変えていける。

『バッテリーV』P75

ジャンプ

何の準備もなく、
思いつきで踏み切ることを覚えたら、
少しだけ高く飛べるかもしれない。

『ガールズ・ブルー』P192

自分を励ます

それは、自分しかできない
家族の言葉であっても
親友の笑顔であっても
この世で一番好きなあなたの抱擁《ほうよう》であっても
わたしを励ますことはできない
わたしを励ますことは
わたししかできない
わたしの意思が
わたしを支《ささ》え
わたしの想いが
わたしを保《たも》つ
だから、簡単に他人を励ませるなんて思わない。

でも、ときに励ましたいと思ったりはする。いや、違うなあ。わたしの場合、励ましたいんじゃなくて、自分には励ます力があるんだって確認したい。そっちのほうが強いかな。

う……かなり嫌《いや》なやつかも。

どうしたらあなたを励ますことができるの？

そんなこと、できないってわかっているのに、問いかけたりする。

ねえ、わたしに何ができる？

あなたのために、何ができる？

何ができるだろうと、指を折ってみる。

話を聴くことは、できる。

傍《かたわ》らに黙って座ることもできる。
やはり傍らでおしゃべりすることもできる。
肩を抱くことも、お互いの身体の温かさを伝え合うこともできる。
あなたが望むなら、できる。
だけど、今、あなたが一番望んでいるのは、
独りになること。独りでいること。
かもしれない。
そういうとき、わたしは潔《いさぎよ》くあなたの傍らから離れられるでしょうか。
もしわたしがぐずぐずとあなたの傍《そば》にいて、

「あなたを励ましてあげる」なんて、陳腐《ちんぷ》なセリフを口にしたら、言ってね。
「わたしを励ますことはわたしにしかできないから」って。
そうしたら、わたしは顔を赤らめそそくさと退散するでしょう。
独りで座っているあなたは、独りで耐えているあなたは、あなた自身をちゃんと励ましている。支えている。
すごいね。

運命は変えられる

「運命って自分の意思で変えられますから」

『ありふれた風景画』P76

Ⅳ スキだから

ちゃんと見てほしい

「ちゃんと見ててよ。
あたしのことをちゃんと見てて」
横を向き、彼女はゆっくりと瞬《まばた》きをした。
涙がちぎれ、頬《ほお》を転がる。
耳の横で短い髪が揺れた。
「いつも、あたしのことを素通りしていく。
すぐ傍《そば》にいるのに、何も見てないの。
わかってる……
何を見てんのか、わかんないけど……
傍にいるあたしのことを通り過ぎて、
ずっと遠くを見てるって……」

『福音の少年』P113

ありがとうは
さよならに似ている

ありがとうとさよならって
似ているじゃないですか。
こんな風に遠く離れて、電話だけで、
別れに似ている言葉を
伝えたりしないでください。
あたしは、あなたに
お礼も別れも告げられたくは、ないのです。

『ありふれた風景画』P212

あったかいどきどき

「あのね、どきどきするのっていいと思うよ。
いろんなどきどきがあるもの。
いいどきどきも悪いどきどきもあるんだよ。
わたしたちって、
いいどきどきしてると思うけど……
あの、あのね」
また、うまく言えない。でも、わかってる。
いいどきどきは、心臓が苦しいけど、
胸の中があったかくなる。
たとえば、彼の笑った顔を見たとき、
話ができたとき、
それにたぶん、キスするときなんか、
いいどきどきで息がつまるみたいになるんだ。
その後、あったかくなって、がんばるぞ、
ファイトだって気分になるんだ。
きっとそうだ。

『ラブ＊レター』P111

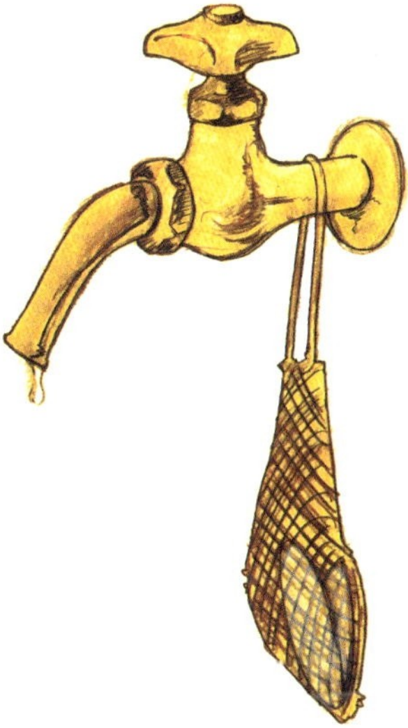

逢《あ》えたらいいね

本気で大切だって思う人、
　　ずっと一緒にいたいと思う人、
　　　　いつかそんな誰かに逢えたらいいよね。

『福音の少年』P117

スキだから

誰かを好きになることって、いいことなのでしょうか。

楽しいことなのでしょうか。

美しいことなのでしょうか。

すてきなことなのでしょうか。

うーん、どうだろう。

誰かを好きになると

嫉妬《しっと》深くなります。

焦《あせ》り易くなります。

心が騒《さわ》いで、眠れなくなります。

今まで、独りでも平気だったのに、独りでいる寂しさに涙が出たりします。

そんなこと、ないですか？　わたしは、そうだったなあ。

わたしは、こんなにあの人が好きだった。

そう思い知ることは、

少しも甘美《かんび》でなく、むしろ苦《にが》かった……少女のころ、そんな恋ばかりしていたような気がします。

それでも、古いアルバムをめくると、

笑っているわたしがいます。
中学校や高校の（ださい）制服を着て、
笑っているわたしが、確かにいるのです。
誰かを好きだった。
本気で好きだった。
誰かを本気で好きになることのできた
わたしの笑顔は、
なかなかにすてきでした。
（自分で言うのもなんですけれど）
なるほど、
こんなふうに笑えるのだ、
と、見入ってしまいました。
こんなふうに笑えるのだ。
だとしたら、
嫉妬深くなっても、焦り易くなっても、心が騒いで眠れなくても、
やはり、
誰かを好きになって、
よかったんですよね。

幸せな思い出

思い出ってすごいわね。
あなたとの思い出は、
今もわたしを幸せにしてくれる。

『NO.6 #5』P164

V どんな大人になりたいか？

知らないことが
いっぱいある

「なんで、こんなに知らないことって、
いっぱいあるんだろうね。
何か、どきどきしない？」
「知らないことがあると、
どきどきするんですか？」

知らないって悪じゃないんですか。
罪じゃないんですか。

「これからだから。今知らなくても、これから、
いろんなこと、知っていけばいいでしょ。
そういうの、どきどきしない？」

『ありふれた風景画』P146

どんな大人になりたいか

本音いえば、将来のことなんか、
ほんとわかんないもんね。
とりあえずは、
さみしい大人にならないことが目標。

彼女は、さみしい大人になりたくないと言った。
彼は、からっぽの大人になりたくないと言った。
じゃあ、ぼくは、どんな大人になりたいのか。

『スポットライトをぼくらに』P35、P118

大人の教科書

「ばかみてぇな、からっぽの大人に
なりたくねえよ、おれは」
だれだって、
ばかみてぇなからっぽの大人なんかに、
なりたくない。
でも、そうならないためにどうしたらいいか、
どの教科書にものっていないのだ。

『スポットライトをぼくらに』P75

あまくない現実

好きなことだけしてすごせられない人生。
そういうものが現実なんだろう。
あまくない「現実」なのだ。
ときに憂うつになることも、
うっとうしく感じることもあったけど、
がまんできないほどのものじゃない。
たくさんの現実と折り合いながら、
夢がかなうなら
それでいいじゃないか。
（なんで、そのくらいのことができんのじゃ）

『バッテリーII』P208

人は変われる

人は変われるものだろうか。
　何かを得ることで、失うことで、
　　誰かに出会うことで、別れることで……

『福音の少年』P131

十代は残酷な時間

十代って残酷な時間なんだ。
否応《いやおう》なく全てが変わっていく。
変わらされてしまう。
留《とど》まることは許されず、
立ち止まることも許されない。
ただ前へ、前へ、先へ、先へと進むだけだ。
急流に浮かぶ小舟みたいだ。
十代ほど、たくさんの人に出会い、別れる時代はないような気がする。
出会いと別れを繰り返す時代、
「さようなら」そんな別離の挨拶《あいさつ》とともに、
二度と会えなくなる人たち。
その人たちをいつの間にか忘れていく。
忘れられていく。

『ありふれた風景画』P164

大人になるってどんなこと？

時がたち、日々がすぎ、
人はどうしても大人になっていく。
それは、自分を自分で
守っていける者になることなのだ。
だれにも依存しないで
生きていけることなのだ。
自分だけで生きることにも、
他人と共に生きることにも、
恐れずに向かい合えることなのだ。

『時空ハンターYUKI 1』P75

いいことあるかも

虹が出たよ。
いいことあるかもしれないよ。
そんなメールを送ってみようか。

『ガールズ・ブルー』P82

おわりに

少年、少女たちを主人公に物語なんぞ書いていると、ときおり声が聞こえたりします。

あんたに、おれたちのことが本当にわかるのかよ。

耳に痛い言葉です。

声はさらに続きます。

おれたちを侮《あなど》るなよ。

そう簡単にわかられて堪《たま》るかよ。

鼓膜《こまく》ではなく心に突き刺さる鋭利な言葉。

あなたたちをわかったふりなんてできないけれど、

全てを理解できるなんて思い上がってはいないけれど、

でも、書きたいです。

あなたをわたしのこの手で、書いてみたいです。

この指から、あなたの姿を、あなたの眼差《まなざ》しを、あなたの一言を、あなたの無言の想いを丁寧《ていねい》に、丁寧に書き続けたいです。

あなたが好きです。

あなただけが好きです。

だから、あなたに何と言われようと、これからもあなたを書いていこうと……書いていこうと、それしかないと、心を定めています。

あさの　あつこ

解説

ぞくっとするほどのリアリティ

金原瑞人《かねはらみずひと》

「夕張《ゆうばり》メロンを六個買って、宅急便で送って下さいと、お店の人に頼んだんですけれど、お店の方が岡山県の位置がわからなくて、九州とかを捜して、『どこら辺ですかねえ』と言われて、あー、岡山県ってあんまり有名じゃないんだなと思ったんです」

という、対談のときの話からもわかるように、あさのさんは岡山生まれ。そしてこの解説を書いている金原も岡山生まれ。ついでに書いておくと、同い年。そんなこともあって、何度か対談をしたことがある。

このあさのさんの言葉は2009年の夕張でのもの。いままでのあさのさんとの対談のなかで、これが一番楽しかったかもしれない。あさのさん、あれこれ本気でしゃべってくれたし。

というわけで、この夕張での対談のなかから、あさのさんならではの言葉を紹介してみようと思う。『なによりも大切なこと』というこの本が、あさのさんの作品から抜き出した言葉なら、この解説はあさのさんとの対談から抜き出した言葉だ。

あさのさんは中学生の頃からずっと小説家になりたいと思っていたけれど、結婚して子どもが三人できると、それだけでけっこう大変だったらしい。

「男の子二人の年子と、四年離れた女の子で、しっちゃかめっちゃかで、蹴《け》るは、殴《なぐ》るは、ぶん投げるは、やるのは私なんですよ。『あさの組』と言われるような、男《おん》どりゃ〜の世界で、育ててきた感じ……」

あさのさんのキャラがよくわかる。こういう人なのだ。この勢い、このはじけかた、このユーモア。なるほど、『The MANZAI』だなあと納得する人も多いはず。

そしてしばらくは「書かなくてもいいかな」と思っていたらしい。

「書かなくてもまあねえ……質のことを問わなければ、頭数だけは、子どもが三人いるわけじゃないですか、質を問うべきではないのですよ、子どもにね。

で、質を問わなければ、旦那《だんな》も一人、いるわけですよね」

このとき、あさのさんは旦那さんの車で夕張までやってきたはずなんだけど……。

それはともかく、自分の時間が持てるようになると、児童文学の同人誌に入って書き始める。

そんな話のあと、作家と作品はまったく別なんじゃないかという話に移って、以前の岡山での座談会で「あさのさんは、人が悪くないと小説なんか書けないと言ったでしょう」と話をふると、あさのさん、最初は「いやいや、言わなかった」とか言ってたけど、そのうち、「でも、書くのが一番じゃないですか。だからこんなことをしたら、普通は、一般的には、ほら、人を傷つけちゃうかなとか、何か、自分のいやな部分を出しちゃうかなって、考えてる人って書かないんですよね」と、しぶしぶ認めた。

いったんこうなると、あとは一直線。「作家＝悪党集団」になっていく。

「私は書きたいのだ、何があっても書きたいのだ、って思った時点で、その人はものを書く人間に近づいている。ということは、その時点でもう悪い人なんですよ。人間としてどこか欠落してたり。だって、自分の子どもよりも夫よりも書くことが大事なんですよ。人に優《やさ》しくすることとか、思いやることよりも、その人の持っている傷を、今、自分が物語にしたいと思ったら書いちゃうわけで、それで、ぐじぐじ悩んだりしている人は、書かないわけなんですから。だから、その時点で、悪い人の集まりなわけなんです」

そう語るあさのさんには、ぞくっとするほどのリアリティがあった。ほんとうにこの人は作家だなと思った。「私は書きたいのだ、何があっても書きたいのだ」という強靭《きょうじん》な意志はそのまま、多くのあさの作品の登場人物にも投影されている。いびつなまでに強い意志、そのまえに立ちふさがる力や環境、そしてそれらのぶつかり合い。

対談はその後、『バッテリー』を書くときは最初、取材をしなかったという話に進み、そのうち取材をしたけれど、「根本的なところは少しも変わらない」というあさの流の書き方、というか姿勢のことが話題になった。
「見て取材して徹底的にリアル、現実を知って書くっていう、外からの現実ではなくて、自分の内にある現実というものを、引きずり出すっていう。私の知っている、私の感じた風、私の感じた熱、私の感じた球《たま》、見たもの、皮膚で感じた何かとか、そういうものを全部引っ張り出して、それがもとになって……」
こんなふうに熱く語るあさのさんは、とてもかわいい。一日に二時間しかない自由時間をフルに使って書き始めた頃も、きっとこんな表情だったんだろうなと思う。
一時間半ほどの夕張対談、最後は『NO.6』という作品にからめて、「希望」について語ってもらった。
「やっぱり、私はただ一つ、児童文学では、唯一《ゆいいつ》、絶望を語ることだけはタブーだなと思う。（中略）やっぱり、若い人に向けて物語を語っていくときに、そこには、本当にあの、偽物《にせもの》ではないというか、ただ単に明日はすばらしいとか、若いって未来があるんだみたいな、安っぽい希望ではなくて、ほんとにささやかでもいい。例《たと》えば、明日一日生き延びてみようという、たったそれだけでもいいんですけれど、ほんとの希望みたいなものを残しておかないと、書く必要はないんじゃないかなあと思う」

——それはあさのさん、最初から核みたいなものとしてありますよね、子どもの本を書くとき。

「そうですね、それ位の強靭さを大人として備えて書けよ、という思いは、自分に対していつもあります」

——最後の希望というのは、かなりというか、徹底的な絶望感が背後にあってこそ、生きてくるというか輝いてくるものなので、その辺の書き方が、あさのさんらしいなあという意味で、『NO.6』、期待しています。

という感じで、対談を終えた。

あさのあつこの生の言葉は、あさのあつこの作品のなかの言葉と、じつによく響きあっていると思う。

（翻訳家・児童文学研究家）

＊引用はすべて「第32回北海道子どもの本のつどい夕張大会実行委員会」がまとめた『夕張大会報告集』によりました。

出典一覧

『ガールズ・ブルー』(ポプラ社)
『ほたる館物語』(新日本出版社)
『舞は10さいです。』(新日本出版社)
『ラブ＊レター』(新日本出版社)
『スポットライトをぼくらに』(国土社)
『えりなの青い空』(毎日新聞社)
『時空ハンターYUKI 1』(ジャイブ)
『The MANZAI』(ジャイブ)
『The MANZAI 2』(ジャイブ)
『バッテリー』(教育画劇)
『バッテリーII』(教育画劇)
『バッテリーIV』(教育画劇)
『バッテリーV』(教育画劇)
『バッテリーVI』(教育画劇)
『福音の少年』(角川書店)
『ありふれた風景画』(文藝春秋)
『NO.6 #2』(講談社)
『NO.6 #5』(講談社)

本書収録のため、作品抜粋には
一部アレンジを加えたものがあります。

この作品は、2007年4月にPHP研究所から刊行された。

〈著者紹介〉あさのあつこ

1954年、岡山県生まれ。青山学院大学文学部卒業。
『バッテリー』で第35回野間児童文芸賞、
『バッテリーII』で第39回日本児童文学者協会賞、
『バッテリーI〜VI』で第54回小学館児童出版文化賞受賞。
おもな作品に、『バッテリー』『The MANZAI』『NO.6』の3シリーズ、
『ガールズ・ブルー』『福音の少年』『弥勒の月』
『火群《ほむら》のごとく』『ガールズ・ストーリー』などがある。

なによりも大切なこと

2010年10月29日　第1版第1刷

著者　あさの あつこ
発行者　安藤 卓

イラスト　宮尾和孝
デザイン　こやまたかこ
本表紙デザイン＋ロゴ　川上成夫

発行所　株式会社PHP研究所
東京本部　〒102-8331　千代田区一番町21
文藝書編集部　TEL 03-3239-6251（編集）
普及一部　TEL 03-3239-6233（販売）
京都本部　〒601-8411　京都市南区西九条北ノ内町11
PHP INTERFACE　http://www.php.co.jp/

印刷所　図書印刷株式会社
製本所　東京美術紙工協業組合

ISBN978-4-569-67552-7